도착하지 않은 삶

도착하지 않은

삶

최영미 시집

문학동네

아름다운 사람들에게

차례

제1부

제2부

제3부

제4부

제1부

일요일 오전 11시

유럽인들이 버린 神을
아시아의 어느 뭉툭한 손이 주워
확성기에 쑤셔넣는다

종이 울리고

잠에서 깨어난 엘리베이터가
검정 구두들을 실어나른다.
금요일의 죄를 일요일에 속죄하려는,
피곤한 발들이
거대한 유리문 안으로 빨려들어간다.

시멘트 벽에 강림(降臨)한 거룩한 얼굴은
낡기도 전에 새로 칠해지고,
늙은 백인이 부러뜨린 십자가를
높이 세우는 까만 눈동자
할머니를 따라 주기도문을 외는 장밋빛 입술도
언젠가는 문밖으로 뛰쳐나가겠지

길 건너, 빌딩의 장막에 가려진 호숫가에는
신을 믿지 않는 부자들이
새벽부터 골프채를 휘두르고,
시끄러운 아침의 나라에 싫증난 사람들은
어디로든 떠나려 짐을 싸는데,

밤이 오기를 기다리며
나는 내 방을 떠나지 않는다.
미친 대한민국은 정치가들에게 맡기고
나를 천국으로 데려다줄 그,
잡지의 얼굴처럼 쉽게 나타났다 사라지는
그림을 내 것으로 붙들지 못해 탄식하면서

어느새

사랑이 어떻게 오는지
나는 잊었다

노동과 휴식을 바느질하듯 촘촘히 이어붙인 24시간을
내게 남겨진 하루하루를 건조한 직설법으로 살며
꿈꾸는 자의 은유를 사치라 여겼다.
고목에 매달린 늙은 매미의 마지막 울음도
생활에 바쁜 귀는 쓸어담지 못했다 여름이 가도록
무심코 눈에 밟힌 신록이 얼마나 청청한지,
눈을 뜨고도 나는 보지 못했다.
유리병 안에서 허망하게 시드는 꽃들을
나는 돌아보지 않았다.
의식주에 충실한 짐승으로
노래를 잊고 낭만을 지우고
심심한 밤에도 일기를 쓰지 않았다

어느 날 당신이 내 앞에 나타나
비스듬히 쳐다볼 때까지

중년의 기쁨

화장실을 나오며 나는 웃었다

끝난 줄 알았는데……
그게 다시 시작됐어!

젊어서는 쳐다보기도 역겨웠던
선홍빛 냄새가 향기로워,
가까이 코를 갖다댄다

그렇게 학대했는데도
내 몸의 시계는 멈추지 않았다

다시는

시를 쓰지 않으마
불을 끄고 누웠는데……
옆으로, 뒤로, 먼지처럼 시가 스며들었다.
오래 전에 죽은 단어들이
하나둘 달빛에 살아 움직여도,
나는 연필을 들지 않았다.

다시는 너를 찾지 않겠어
감각의 창고를 정리하고
밥이 될 든든한 집으로 이사가려는데,

누군가 뒤에서 나를 불렀다.
떠나지 말라고
내 손에 꽃을 쥐여주며

다시는 사랑 따위에 나를 주지 않으마
굳게 걸어잠그고
돌아섰는데……

밖에 무언가 어른거려,
바람의 그림자에 속아
아까운 잠이 달아났다.

아파트를 꿈꾸며

시멘트로든 나무로든 집을 짓지 않고,
어젯밤 나를 찾아온 꿈을
오늘 아침에 지우듯,
흔적 없이 사라지리라
커튼을 내리고 호텔 방에서
길가에서 최후를 맞이하기를……

멋있게 죽기를 바라던 내가,
소박하게 사는 법을 배운다

가구를 배치하듯
생각의 방향을 삼십 도만 틀어도
다른 공간이 열린다

서울과 가까운 열쇠를 움켜줄
손을 내려다보며 손톱을 자른다

새로운 문이 열리면,

지나간 쓰라린 번호들은
손톱먼지처럼 공중에 분해되겠지

내 집

백 개의 방을 구경한 뒤 백한번째의 문 앞에서 나는 멈추었다. 내일을 믿지 않던 집시가 부르주아가 되는 서류에 도장을 찍고, 들뜬 발걸음을 썩은 낙엽도 방해하지 않았다. 내게 걸린 행운을 저울에 달아보며, 버리기 아까운 과거는 없었다.

나를 수리하기엔 늦었으니 집이라도 수리해야지. 환한 미래를 바닥에 깔고, 인테리어잡지에서 오려낸 분홍색을 타인의 손때 묻은 벽에 붙인다. 맨 처음 못을 박고 달력을 걸던 그들이 궁금해졌다. 웃음이 메아리치는 가정이었을까. 죽자 살자 할퀴고 싸웠을까? 어떤 기쁨과 슬픔이 유리창을 물들였는지?

네 맘에 꼭 드는 집은 없단다.
그냥 정 붙이고 살아야지.

어머니의 말씀대로 침대에 情을 붙이고 누워, 아가의 울부짖음을 들었다. 내가 어떻게 달랠 수 없는 울음에 가슴이 젖었지만, 베네치안 블라인드를 달까? 유행하는 전원 풍의 인테리어를 하려면 얼마쯤 들까. 계산기를 두드리는 동안만은 무섭지 않았다. 내 맘대로 청산되지 않을 숫자로 지어진 집이지만, 일 년을 버티지 못하고 무너질 모래성이었지만……

2007년의 사포*

세상을 내려다보는 농염한 사과.
또는 아스팔트에 흩어진 은행잎.
고독하거나…… 짓밟히거나……
무릇 여자로 태어나 노래하는 것들.
홀로 달콤하며 홀로 아프고
홀로 뜨거운 것들의 운명은 변하지 않았다.

너는 나를 짓밟지만, 나는
화려하게 지구를 물들일 거야.

* 사포(Sappoho): 기원전 600년경 태어나 활동한 그리스의 여성 시인.

10월의 교정

최루탄 연기를 쓸어버린 뒤에 더욱 붉어진 단풍잎.

우리를 뛰게 했던 많은 말들과 함께 퇴색한 이름들.

순수한 열정의 불씨를 간직하고,

자유와 정의가 황금빛 신용카드보다 소중했던
시절은 갔다.

11월의 낙엽

가을비에 젖은 아스팔트.
돌아보면,
떨어질 잎이 하나 남아 있었나.

천둥에 떨고 번개에 갈라진 잎사귀.
심심한 아이들에게는 장난감이 되어주고
종이보다 가벼운 몸으로
더러운 뒷골목을 지키던 너.

허술한 나뭇가지에 목숨을 부지하고
식물의 운명에 순종했던,
상처투성이의 몸에 햇살이 닿으면
촘촘한 세월의 무늬가 드러나지만,

이대로 세차게 흔들리다
누군가의 가슴바닥에
훅, 떨어졌으면……

첫눈이 내려 무거운 눈을 매달고
허공에서 부서지기 전에,
순한 흙에 덮여 잠들었으면……

낙엽의 비문(碑文)을 읽을
그대는 지금 어디 있는가.

내일을 위한 기도

잘 가라 2007년, 어리석은 날들이여.
봄부터 겨울까지 내가 도모했던 일이
하나도 이루어지지 않았으나
아가, 나무, 푸른 산이 보이면
초라한 한 해를 돌아보는 저녁이 춥지 않아
텔레비전에서 약속들이 쏟아질 때
나는 책장의 먼지를 털었다.

서해 바다를 덮은 검은 기름띠도
우리의 푸른 들판을 가리지는 못해
우리가 자신을 버리지 않는다면
누구도 우리를 버리지 못하며,
머리 위에서 해가 빛나는 동안, 희망은 죽지 않는다.
내일의 집을 지으며, 그대는 살아갈 힘을 얻으리니

이 냉혹한 별의 어느 서러운 구석에도
따사로운 정오의 햇볕을 허락하시는
당신을 믿지 않았던 저를 용서하시고,

사랑의 힘으로, 절망의 힘으로
거듭 태어나게 하소서.
시든 이파리에 생살이 돋고
제가 강인 줄도 잊어버린 흙바닥에 강물이 흐르고
사람과 사람이 만나는 창가에 우정이 꽃피게

먼길 떠나는 나그네가
살아서 떠돌
지상의 모든 길이
영원히 푸른 하늘과 닿게 하소서.

당신과 함께라면
가난한 잠을 깨우는
새벽 종소리가 저는 두렵지 않습니다.

제2부

나무가 깡통에게

—난지도를 지나며

욕망의 껍데기로 만든 섬,
쓰레기 위에도 해가 뜨고
악취를 마시며 나무들이 자란다
아스팔트를 뚫고 솟아오르는
푸른 생명이 부러운가

뒤돌아보지 않는다면
너도 뿌리에 충실한 식물처럼,
원시의 동물처럼 강해질 수 있어

너를 버린 인간을 용서한다면,
다시 강철로 단련되어
시장에서 팔릴지도 몰라
포장만 근사하다면……

Love of My Life？

너무 맑아
낚시꾼도 포기하고 돌아서
아무도 놀지 않는 연못.
깊은 물을 두려워 않던……

그는
나의 열린 문으로 들어온
날쌘 물고기.

노를 젓지 않아도 바람 부는 대로
움직이는 기술을 알던
능숙한 바람개비.

어느 겨울 아침, 황금비늘을 자랑하며
그는 떠났다.

그가 휘젓고 다닌 구석구석이
흉터와 무늬가 되어,

그가 일으킨 물결 밑에
꼼짝 않고 얼어붙어
비가 와도 나는 흐르지 못한다.

글로벌 뉴스

유프라테스 강과 홍해가 마르고 닳도록
죽음의 행진이 멈추지 않는다
강한 자는 강자의 방식으로
약한 자는 약자의 방법으로
신의 이름으로 사형을 집행한다

예수와 마호메트가 태어나 묻힌 곳에서
예언자들이 평화를 설교했던 성지에서
왜 매일 총질이 끊이지 않는가
예언자들이 틀렸거나, 당신들이 틀린 거야

밥을 먹다 한 사람이 공중으로 날아간다
섬광과 굉음은 있지만, 살인자의 얼굴은 없어
우리는 안심하고 텔레비전을 켜고
첨단기술로 생중계되는 비극은 구경거리가 된다

발레리나의 날씬한 허벅지에서 피 묻은 바지로
화면이 바뀌는 데 일 초도 걸리지 않아

아파할 시간도 없이,
말쑥한 정장 차림의 신사숙녀가
녹음테이프에 담긴 시신들을 쏟아내며
종달새처럼 재잘댄다
요단 강 동쪽과 서쪽의 반응을
높낮이가 없는 건조한 음성으로
총알처럼 빠르게, 토씨 하나 틀리지 않고!
이것도 미친 짓 아닌가

화성에 우주선을 보내고
배아를 복제하는 똑똑한 사람들이
왜 인류의 자기 파괴를 막지 못하나

립글로스가 매끄러운 입술에서 언제까지
자살폭탄이라는 무시무시한 단어를 들어야 하나
비장한 고전음악에 깔린 어머니의 눈물을
사막에 몰아치는 복수의 회오리를……

세계는 지금

내게 보여주지 마
사탕봉지처럼 생긴 토마호크 미사일을
부서진 벽들과 깨어진 창문을
내게 보여주지 마
폭격으로 코가 내려앉은 얼굴을
수술실로 실려가는 소년의 애절한 눈빛을
내게 보여주지 마
연쇄살인범의 웃음을, 학살자의 부하들을
나는 보고 싶지 않아
박정희처럼 검은 선글라스 뒤에 숨은
아프리카의 못생긴 독재자들,
겁에 질려 투표장으로 끌려가는 긴 행렬도
보고 싶지 않아

나는 보고 싶어
호나우지뉴(Ronaldinho)의 튀어나온 턱,
잇몸을 보이는 천진한 미소를
보고 또 보고 싶어

그의 통통한 팔뚝을,

통통한 팔뚝에 걸쳐진 팔찌를

언젠가 네가 내게 선물한, 거울에 비친 하얀 구름을

나무는 울지 않는다

추운 날에도, 더운 날에도
빛을 향해 팔 뻗으며
나무는 뒤돌아보지 않는다
백년 가뭄에 목이 마르고 등이 휘어도
친구가 곁에 없어도
나무는 울지 않는다
눈 날리는 들판에 홀로 서 있거나
막다른 골목에서 가슴까지 비에 젖어도
외롭다 말하지 않는다

지구의 뜨거운 중심에 가까이 뿌리를 내리며
나무는 자신의 힘을 자랑하지 않는다
나무는 그저 나무일 뿐,
빗물을 받아먹고
흙을 빨아 연명하는
잎과 줄기와 뿌리가 한몸인 나무는……
세월의 나이테에 숨길 것도
버릴 것도 없는

손의 여행

그릇을 닦고
먼지를 털고
전화번호부를 뒤지고
변기에 물을 내리고
단추를 단춧구멍에 끼우고
단돈 몇 푼에 나를 팔기 위해
팔꿈치에 기름을 바른다.

기름진 반지들과 악수하고
더러워진 손에 비누를 문지르고
휘청거리며 칫솔을 부여잡던 가련한 손.

아가의 말랑말랑한 손가락에 닿아
다시 하루를 열어젖히는 손.

활주로

설 연휴가 끝나는 날
비행기 안,
출렁인다 떠나기 전에

아, 나는 공중에 떠 있는 걸까?
아직도 땅 위에 엉덩이를 붙이고 있나?

활주로 위에, 내가 지나온 길들이
연기처럼 피어났다 사라지고

이루어지지 못한 소원들이 무지개를 그리며
구름 저편으로 달아나려는데

갈팡질팡했던 생을 따라 흩어진
꿈의 조각들을 주워담는다
여기가 어디인지……

얼음처럼 낯선

오늘이 무슨 요일인지?
아침인지…… 저녁인지……
天地間에 곡예하듯
사반세기를 흘려보내고
게으른 생애가 지나가고

내 뺨에 닿는
차가운 아침의 칼날.
얼음처럼 낯선
지금 이 순간.

4월은 잔인한 달

그것을 하지 않고
팔 년 만에 돌아온 봄이었다

금욕에 길들여진 정갈한 방.
화분에 물을 주고 밖을 내다보니
벌레처럼 들끓는 봄볕,
범람하는 꽃가루 때문인가

쉽게 행복해지기를 거부하던 육체가
바위처럼 뻣뻣해진 가슴을 열고,
뜨거웠던 용암의 분화구를 추억한다

사교계의 꽃이 되고 싶지 않아
무대에서 내려온 배우가
길게 누워 봄을 앓는다

소문만 무성했지 자신을 불사르지 못한
생애의 마지막 연기를 준비하며

옷을 갈아입고 립스틱을 칠한다
(취미를 완전히 잃지는 않았겠지?)

질겨진 가죽에 향수를 바르면
육식동물이 될까?

사계절의 꿈

어떤 꿈은 나이를 먹지 않고
봄이 오는 창가에 엉겨붙는다
땅 위에서든 바다에서든
그의 옆에서 달리고픈
나의 소망은 이루어지지 않았다

어떤 꿈은 멍청해서
봄이 가고 여름이 와도 겨울잠에서 깨어나지 못하지

어떤 꿈은 은밀해서
호주머니 밖으로 꺼내지도 못했는데

어떤 꿈은 달콤해서
여름날의 아이스크림처럼
입에 대자마자 사르르 녹았지

어떤 꿈은 우리보다 빨리 늙어서,
가을바람이 불기도 전에

무엇을 포기했는지 나는 잊었다

어떤 꿈은 나약해서
담배연기처럼 타올랐다 금방 꺼졌지
겨울나무에 제 이름을 새기기도 못하고

이루지 못할 소원은 붙잡지도 않아
잠들기도 두렵고
깨어나기도 두렵지만,
계절이 바뀌면 아직도 꽃잎이 떨어진다우

봄날의 꿈을 가을에 고치지 못할지라도

여기에서 저기로

올해도 님을 만나지 못한 분홍빛 벽지를 팔고
한번 펼치지도 못한 화사한 이불을 빨고
이삿짐을 싸고 베갯잇을 바꾸었지

아침에 빠져나온 잠자리를
밤에 들어갔을 뿐인데,
여행의 끝이 보이네

떠나기만 하고 도착하지 않은 삶.
여기에서 저기로,
이 남자에서 저 여자로 옮기며
나도 모르게 빠져나간 젊음.
후회할 시간도 모자라네

한가한 오후

406동에 사는
세준이 어린이는 지금 즉시
큰엄마네 집으로 가기 바랍니다

?
관리실에서 내보내는 우리말을 이해하고
웃음의 꼭지가 터져 책상이 뒤집힌다
엄마도 아니고 왜 하필 '큰엄마'인가?

내게 웃을 힘이 남아 있으니
허망하게 죽지는 않으리
오— 인생, 너는 엉뚱한 곳에 시를 감춰두고
실패한 자의 오후를 위로하는구나

그나저나 오늘 점심은 뭘 먹을까?

광장을 지나며

1981년 5월에 나는 순결한 하얀 운동화였다
독재자가 차려준 축제를 거부하려 학교를 뛰쳐나와
남학생과 어깨 걸고 행진하던 그날 이후, 나는 변했다
얼마나 많은 날들이 강물을 적시었나
정처없는 밤의 다리를 건너
쓸쓸한 도시의 창문들을 지나, 나는 늙었다

내 앞의 길들을 토막내며 나는 걷는다
스무 살
서른 살
마흔의 내가
도서관에, 광장에, 카페에 앉아
누군가를 기다린다
그는,
그녀는 오지 않는다
1985년에도 1995년에도 그리고 2008년에도

내가 달라질 다른 곳을 헤매지만

아침에 깨어나면 제자리.
과거에 갇힌 시멘트 벽이 아니라
앞이 보이지 않는 정글에 던져졌다면,
삶은 더 단순했으리

서투르게, 능숙하게 벗겨진
신발들을 나는 절반도 기억하지 못한다

2008년 6월, 서울

광장엔 옛날 사진들이, 피 묻은 신문들이 붙어 있고
확성기에서 울려퍼지는 노래도
어쩜! 이십 년 전과 똑같지만,
큰길에서 느긋하게 나눠주는 선언문은
그때보다 두껍고 인쇄 상태도 좋다.
21세기의 IT강국에서 인쇄된
빨간 느낌표는 세련되었고
서 있는 얼굴들은 군사독재에 저항하던 80년대처럼
분노로 일그러지지 않았다.
종이컵 안에서 안전하게 타는 촛불처럼 온화한 눈빛.
목숨을 걸고 싸우지 않는,
외치다가 내가 죽을 구호를 모르는 건강한 입술.
어깨에 부딪치는 익명의 팔을 견디지 못하고 나는
내 옆의 젊은이에게 촛불을 건네주고 지하로 들어갔다.

유모차 부대를 호위하는 청년들이 어찌나 멋있던지!
한국 남자들의 품종이 눈부시게 개량됐어.
역사는 이렇게 진보하는 거야.

친구와 수다를 즐기며 이탈리아 식당에서
칼을 들고 연어의 생살을 갈랐다.
입 안에 죄의식의 거품을 품지 않고

지상 최대의 쇼
— 베이징올림픽 개막식

그토록 어두웠던 나라이기에
우주가 놀라게 불꽃을 터뜨리며
천문학적인 돈을 불살라야 했나.

지상 최대의 쇼를 냉면에 말아먹는다.
편안히 집에서 실크로드를 순례하는 밤.

천년제국의 후예들이, 무너진 긴몰디미에 깔린
시체들이 일어나 북을 두드린다.
땅을 흔들고 하늘을 찢으며
스모그를 걷어버린 오천 년의 북소리.

한 몸처럼 움직이는 팔과 다리들.
진시황릉에 묻힌 병사들처럼
바둑판 위의 돌처럼, 전체의 일부로만 존재하는 육체들.
그 옛날 황제를 위해 치장했던 궁녀들처럼
오로지 하룻밤을 위해 온통 칠하고 붙이고
춤추는 만리장성의 인형들.

두루마리 위에 펼쳐진
찬란한 역사의 모서리는 날카로웠고
금박을 입힌 위에 금을 덧칠한 듯 번들거리는
빛의 바다, 인간의 바다, 중화인민공화국.

얼마나 기를 펴지 못하고 살았으면,
열강에 짓밟힌 백년의 치욕을
기나긴 장정의 굶주림을 보상받으려
오늘밤 미친 듯 쏟아내는가, 불쌍한 아시아여.
동경과 서울이 간 길을 베이징, 너도 피하지 못하는구나.
서양의 근대문물이 얼마나 신기했으면,
봉건제에서 포스트모던으로 건너뛰어
2008년의 첨단기술로 버무린 무협지를 과시하는가.
백년의 어둠을 깨고
허공을 불지르며 질주하는 열차에
나는 브레이크를 걸고 싶었다.

일상의 법칙들

수저를 들기 전에 우리는
얼마나 배고픈지 모른다

맹렬히 씹다 혀를 깨물고서야
지독한 허기를 진단한다

너를 보기 전에 나는
내가 얼마나 아름다움에 굶주렸는지 몰랐다
너의 풍부한 표정, 입가의 사소한 움직임을
놓치지 않으려 눈을 반짝이다

누워 쓰러지기 전에 나는
내가 얼마나 피곤한지 알지 못한다

제3부

온종일 집에서

수도꼭지를
올렸다
내리고
또 올렸다
내리고,

이를 닦고
몸을 씻고
그릇을 씻고
바닥을 닦고

수도꼭지를 올렸다 내리고
또 올렸다 내리면
....
어느 허름한 저녁에,
이빨 빠진 늙은이가 거울을 들여다보고 있겠지.
욕망이 지나간 구멍으로 바람이 들락거리겠지.

허기와 객기

좋아하는 음식을 오랜만에
맛을 잃어버리도록 오랜만에 구경하면
입에 넣기도 전에 날뛰는 혀를 제어하지 못해
머리에 피가 몰리고
허기보다 더한 고통이 물어뜯어

너무 원했기에,
너무나 간절히 원했기에
쾌락의 창자가 꼬여
쓰디쓴 소화액만 토해낸다
그래서 한두 끼 굶은 뒤
싱거운 일상으로 돌아가면
위장에, 집안에 평화가 찾아온다
당신도 아시겠지만

환멸을 토하고 머지않아
당신은 더욱 커다란 입이 되어
휘황한 간판을 기웃거리고

허기와 객기의 바퀴를 돌리는 자신을 잊으면서

맛없는 접시에 나는 체하지 않는다

가장 쉬운 길

옛날에 나는,

침대 위에서
소파에서
차 안에서
텐트 속에서
지저분한 흙 위에서
미지근한 바위에 누워
흐르는 강물에서
흐르지 않는 물에서
욕조의 비누거품 속에서
차가운 이불 밑에서
있지도 않은 행복을 찾아, 눈을 감았다.

지금 나는,

식탁에서
눈을 크게 뜨고

날마다 찾아오는 쾌락을
잘게 부수어
구멍으로 밀어넣는다.
싱싱한 고기의 피 묻은 입술.

漢詩를 읽고*

산중(山中)에 은거하던 그들에겐
돈도 벼슬도 여자도 없었지만,
아내가 자식이 친구가 그들을 잊더라도
때 묻지 않은 자연이 그들의 벗이어서
두터운 구름이 은자(隱者)의 고독을 가려주었고
속 깊은 계곡이 백년 시름을 달래주었다.
끝까지 비밀을 지켜주는 우정으로
대가도 바라지 않고

시중들 하인 없이 움막에 살아도
손님이 오면 다람쥐가 뛰어 알려주고
청빈(淸貧)은 옷을 갈아입지 않아도 빛났다.
단풍이 떠다니는 물을 마시고,
흔한 나물과 버섯에 배가 불러
타협하지 않으면서도,
자신을 알아주지 않는 풍조를 원망해
목에 가시가 돋지 않았다.
손가락으로 태산을 돌려세워

구구한 세상사를 물리쳤으니

이백과 김시습이 은하수를 날아다니고
호수에 비친 달에 고운 눈썹이 떠다니던 그 시절에는
사방천지가 님과 통해
연못에 꽃을 띄워 그리운 이의 안부를 묻고
울적하면 산새가 와서 울어주었다.
여인들은 빨리 늙었지만
시드는 홍안이 서러워
술잔에 눈물을 떨구는 한량들이 더러 있었다고

낙원에서 쫓겨난 현대의 시인은
괜히 시내의 책방을 오가며
더위를 피할 그늘이 어디 남아 있나? 두리번거린다.
금방 쏟아질 것 같은 노래를 입에 물고서

* 김용택, 『김용택의 한시산책』(화니북스)에서 영감을 얻어 쓴 시.

漢詩를 읽은 다음날

예나 지금이나
세상은 요지경이었고
예나 지금이나
뜻이 거룩한 선비들은 뒤로 물러나
듣고 싶지 않은 잡소리를 멀리했는데
예나 지금이나
목청이 높은 자들이 득세하고
예나 지금이나
세상을 바꾸려는 젊은이들이 있고
예나 지금이나
천하는 우리보다 크고 넓어서
접히는 듯하면 펴지고
예나 지금이나
인류는 멸망하지 않았다

예나 지금이나
시인들은 지지리 궁상이었고
날파리는 가난한 피를 빨았다

예나 지금이나
한적한 시골길은 있지만, 농약 냄새 진동하고
예나 지금이나
보름달은 둥글지만
콘크리트 빌딩에 가려 빛을 잃었고

물질에 초연하지 못하고
권력에 엎드릴 수도 없는 나는,
오늘은 책갈피의 신선들을 벗 삼아
꽃나비와 노니는 고요한 풍경이 되었다가,
내일은 번잡한 시내의 한복판에서
초콜릿을 핥는, 고런 재미로 산다

타인의 시(詩)

악보는 같은데 연주는 다른 음악
어쩌다 만나 칼 쓰는 법을 겨루는 무사들
서가에서 내려와 내 손에서 미끄러지는 글자들
주소가 틀리면 바로 닫히는 상자
포장이 맘에 들지 않으면 버리는 선물
솜씨가 서툴거나, 너무 뛰어나도 박수를 아끼는 춤

그러나 우리 모두 울었다는 것.
울면서 다리를 높이 쳐들고
공중곡예를 즐기며
관객이 없더라도
막이 내린 뒤에도

한여름, 부엌에서

詩와 씨름하며
오렌지를 자르다
노란 방울이 바닥에 튀었다.
열이 바짝 올라 휴지를 들고
엎드려 작은 실수를 훔치다,

언뜻, 젊은 어머니의 흐린 얼굴을 문지른다.
엎질러진 김칫국물을 닦으며
절대로 무너지지 않던
당신을 닮은 낡은 행주.

아픈 아이들의 서툰 숟가락질을 시중들며
조각상처럼 꼿꼿하게 칠십 년
밥상을 지킨 당신.

詩를 뜯어먹으며 사는 딸을
자랑스러워하는 나의 어머니.

지루하지 않은 풍경

어디론가 갈 곳이 있어
달리는 바퀴들이 부러웠다.
앞만 보고 질주하다
길모퉁이에서 부드럽게 꼬부라지는
빨갛고 노란 불빛들이 부러웠다.

비에 젖은 8차선 대로는 귀가하는 차들이 끊이지 않고

신호등을 읽었다면,
멈출 때를 알았다면,
나도 당신들의 행렬에 합류했을지도……

내게 들어왔던, 내가 버렸던 삶의 여러 패들은
멀리서 보니 나름대로 아름다웠다.

하얀 가로등 밑의 물웅덩이에 빗방울이 떨어져
보석 같은 빛을 탁탁 튀기며
지루하지 않은 풍경을 만들고

번쩍이는 한 뼘의 추상화에 빠져
8월의 대한민국이 견딜 만한데
이렇게 살아서, 불의 계절을
살아남아서 다행이라고
비 오는 밤을 젖지 않고
감상하는 방을 주신 신에 감사하며,
독한 연기를 뿜었던 입 안을 헹구고
내 밑에서 달리는 불빛들을 지웠다.

행복

이모! 언제 우리집에 올 거야?
언제 가면 좋겠니?
수요일에 와, 알았지?
수요일 언제?
잠깐만, 그건 나중에 정해.

내 다리를 잡는 목소리에 기꺼이 묶이며
십 년이 하루처럼 흘러갔다.
누군가 나를 기다리는 동안
우리는 늙지 않는다.

치즈케이크와 뽀뽀를 교환하고
(케이크가 맛있으면 아이는 가끔 뽀뽀를 허락한다)
체스판에 마주 앉아 왕을 다섯 잡아 죽이고
(그애가 이기지 않으면 게임이 끝나지 않는다)
헤어질 때가 되면, 꼭꼭 숨어라
킬킬거리며 뛰어다니는
졸깃졸깃한 오후에,

문장부호를 붙이는 즐거움은
내게서 빼앗지 못하리.

아이에게

빨강 노랑 초록
색종이를 접어
너는 무얼 만드니?

조각배 비행기 새 다이아몬드……

그래.
접을 수 있을 때
실컷 접어라.
펼칠 수 있을 때
실컷 펼쳐라, 네 꿈을

머지않아 어른이 되면
함부로 펼치고 접지 못하리니.

똑똑한 아이

—엄마! 줄기세포가 뭐야?

—너와 똑같은 아이를 여럿 만들어……
복제하는 기술이야

—정말 나랑 똑같이 생겼어?

—당연하지. 얼굴도 다리도 배꼽도 같아

—그래? 되게 기분 나쁘네. 그런데……

(엊그제 다친 무릎을 가리키며)

상처는 복제 못 하잖아!

극장

어제의 시를 잊고
내일의 소설도 잊고
통장의 잔고도 잊고
심장에 박힌 가시도 잊고
용서하지 못하던 밤들도 용서하고
그를, 그들을 잊었다는 사실조차 잊어버리고

아이와 극장에 앉으니 이렇게 좋구나.
차렷 자세로 앞만 보는 너를 독점하면서
옆에서 훔쳐보는 이모의 시선도 의식하지 못하고
팝콘 한 봉지를 비우도록 물도 마시지 않고
어지러운 전자파를 아이스크림인 양 빨아들이며
디지털 미이라3에 영혼을 맡기는 무방비의 童心을,

위험천만한 세계로부터 보호하는
영웅이 되고파,
재미없는 영화를 끝까지 재미있게 봐주며
영원히 막이 내리지 않았으면……

자연의 합창

빗물에 떠내려가는 유년의 추억들.

장마철에 개울물 불어나는 콸콸
비바람에 나뭇가지 부러지는 딱딱
뒤란의 우물에 두레박이 닿는 찰싹
시골 개구리의 와글와글 합창

한밤중에 사촌들과 수박밭에 엎드려
요란한 개구리 울음에 오그라들던
훔친 수박을 배 터지게 나눠먹고 오줌을 싸던
그때가 좋았지
生을 위로해주는 음악이 필요 없던
음악이 위로할 생활이 닥치지 않은

하늘의 소리

쿨쿨 콸콸 치르르 치르치르
빗물이 홈통을 빠져나가는
공짜로 듣는 실내악.
비와 플라스틱의 화음이 솔깃해
언제일지 모를 마지막 그날의 소리로 점찍고
오른쪽으로 돌아누워서

15층에서부터 승강기를 타고
밑으로 치닫는 물줄기.
위아래로 닮은 방에서
똑같은 소리를 깔고 누운 사람들.
(그들은 지금 무슨 생각을?)
나처럼 한가로이 뒤척이며 귀를 열고 있을까?
저 높은 곳에서 내려와
해묵은 근심들을 청소하고
저마다 못 이룬 꿈을 훑으며
바닥으로 추락하는 빗방울.

내 아무리 잘난 척해도
그들처럼 불쌍한 인간.
고프면 먹고
비가 오면 비를 맞는

깨끗한 척하지만 나도
그들처럼 불결한 얼굴.
아침마다 수도관을 열고 땀을 씻는,
나의 오물이 위층에서 내려온 땟물과 섞이고

잠자던 나를 때리는
하늘의 소리.

?

언제 시를 쓰세요?
—내가 시인임을 잊었을 때

어디서 시를 쓰세요?
—나를 쳐다보는 사람이 없는 곳에서

왜 자꾸 이사 다니나요?
—왜 한곳에 계속 살아야 하지?

같이 사는 사람이 있나요?
—지난날의 수많은 나, 그리고 미래의 나와 더불어

왜 혼자 식사하나요?
—남들과 어울리면 음식의 맛을 모르니까

무슨 재미로 혼자 마셔요?
—술 마시는 재미로

누구와 자느냐고,
그들은 내게 감히 묻지 않았다

청개구리의 후회

가지 말라는
길을 갔다

만나지 않으면 좋았을
사람들을 만나고

해선 안 될
일들만 했다

그리고 기계가 멈추었다

가고 싶은 길은 막혔고
하고 싶은 일은 잊었고

배터리가 나갔는데
갈아끼울 기력도 없다

그 여자

분위기가 어색하면 삼십 분도 참지 못하고
지루한 인간과 차를 마시면 하루가 불편하고
맛없는 식사를 하면 사흘쯤 기분이 나쁘고
모임에 나가면 불안해,
추워도 숄을 어깨에 걸치지 못하고
싫은 사람과 같이 일하면 일주일이 불행하고
싫은 사람과 술 마시면 일주일이 지나도 불쾌하고
좋아하는 이를 위해서라면 독약이라도 마다 않는,

보낸 편지함

내 수첩에서 지워진 이름들. 지워지지 않았으나
어떻게 지내는지 궁금하지 않은 사람들.
살아 있지만 죽은 이들보다 멀어진,
싸늘해지기 조금 전의 미지근한 애정.
두 번 세 번 고친 형용사들, 정중함이 지나치거나 모자라
전문적인 양념을 뿌린 의례적인 인사들.
우정이 끝났는데도 찍지 못한 마침표.

상대를 잘못 고른 문장들.
웃음거리가 되었을 지나친 솔직함.
그녀의 전화기를 뜨겁게 달구고
친구의 친구에게까지 배달되었을 스캔들.

항의하는 편지들, 안녕하십니까로 시작되는
재판 냄새가 나는 문서, 내가 완전히 이해하지 못했던

그에게 보내지 못한 편지, 밤에 쓰고 아침에 검열한
기다리던 일은 일어나지 않았고

잔뜩 계획만 세우고 떠나지 못한 여행들.
어머니 앞으로 보낸 편지는 없다!
한 번뿐이었던 완벽한 하루는 저장되지 않았고

뚜껑이 열리면 걷잡을 수 없어
두 번 열고 싶지 않은 판도라의 상자.

청동정원

청동으로 빚은 나무가 못에 걸려 있네.
휘어진 가지에 사이좋게 마주 앉은
작은 새 한 쌍, 위에 매달린 종을
건드리면 청아한 울림이 떨어지지

그 밑에 누워서 음악도 듣고 책도 읽고
먼지가 이끼처럼 내려앉은 계절을 보내고
푸르던 잎이 퇴락한 왕조의 구릿빛으로 변하는데
나 말고는 지나간 사람이 없네

배반의 노래가 거실에 쌓이던
어느 날 나는 알았네
울리지 않는 종을……
수상한 그림자만 얼씬거리는
녹슨 청동정원에서
새와 단둘이 오래 살았네

문이 만 번쯤 열리고 닫히고

연애시를 백 편쯤 만드는 동안
누군가 천천히 지나가며
방울을 쓰다듬는 사람이 없어,

천둥처럼 울리기를 기다리며
단단히 문을 걸어잠그고

머리를 풀어헤친 여자가
누워 있네 차가운 바닥에
두 마리 새들이 하나로 겹쳐져,
새도 나무도 보이지 않을 때까지……

제4부

아름다움이 너희를 자유롭게
─龍安寺*에서

눈을 감았다 뜨면
마른 땅에 물이 흘러

수묵화를 모방한 거짓 낙원에서
무슨 진리를 낚으려 가부좌를 트는가
깨달음을 버리면,

아름다움이 너희를 자유롭게 하리니
그림엽서에 묻은 봄날을 털어내시게

* 龍安寺 : 교토의 사찰. 일본 禪예술의 으뜸으로 칭송받는 바위정원이 유명하
다. 바위를 휘돌며 배치된 작은 자갈들이 마치 연못에 물결이 이는 듯한 시각
적인 착각을 불러일으킨다.

교토의 바위정원

여기 들어오는 자는 신발을 벗어라

오래된 나무마루에 떨어지는 햇빛.
나무도 물도 없는 이상한 정원.
바깥은 꽃나무가 우거진 봄날인데
바위와 흙벽을 바라보며

벽을 넘지 않는 초월에 심취했던
사무라이들, 寺院의 탐미주의자.

바라볼 뿐 소유하지 않겠다는
자신과의 약속이 무거워도
내려놓을 땅이 없었으니
남북이 십 미터인 직사각의 안뜰에서

위는 열리고 아래는 닫힌
유토피아, 혹은 감옥에서
아침마다 빗자루로 욕망을 쓸며

천하를 흑과 백으로만 재현한
그들이 떠난 뒤에도 검은 바위와 하얀 자갈은 남아
참선을 계속한다 흐트러지지 않는 곡선으로

16세기 일본의 상상력 속으로 들어가
열린 감옥이 내 방보다 편해서, 다리를 꼬았다 풀며
거기에 오기까지 내가 저지른 우여곡절을 지웠다.
지워지지 않는 총천연색을 정오의 광선에 태우며
단순한 흑백으로 돌아가고파.

나의 여행

거리에서 여행가방만 봐도
떠나고 싶어

세계지도를 펼치면
거기쯤에 있을 것 같아
내가 떠나온 고향이

흥분의 지퍼를 밀고 당기고
가방 속에 아침과 저녁이 들어왔다, 나갔다
자면서도 계산기를 두드리다

그날이 다가오면
이미 진이 빠져

터미널에 내려
무서운 자유의 광풍이 불면
전 생애를 끌고 어그적 어그적,
하룻밤 잘 곳을 찾아

다음날 아침에는 지도를 보며
새로운 도시를 정복할
구두의 끈을 단단히 조였다

길을 잃어본 자만이
다시 시작할 수 있다

4월의 알리칸테*

프랑스 시인의 바다. 끝이 보이지 않는
수평선에 아무것도 걸리지 않는
나의 타는 갈증만 넘실거리는
내가 찾던 진짜 바다. 끝이 보이는
상심한 마음들이 모이는 거대한 물탱크.

밀려오는 파란빛에 이마를 부딪치며
흐르는 피를 모래가 닦아준다.
날뛰는 소금바람도 성급한 피서객을 막지는 못해
이른 시각에도 로큰롤이 해변을 접수하고

누가 4월의 알리칸테에 오는가?
바람을 겁내지 않는 젊은 반바지들이
아침의 순결한 모래밭을 갈아엎으며
파도의 들쑥날쑥한 리듬에 춤추는
성스러운 풍경의 뒤에서,
늙은 남자가 해변의 카페에 앉아
햇볕에 굶주린 피부를 태우며

느릿느릿 신문을 읽는다.
살 날이 얼마 남지 않은 그는
지중해의 태양이 무섭지 않다.

그리고 목마른 중년의 여자.
지루한 시민계급 가족에 둘러싸여
오렌지주스를 마약처럼 들이켜며
호텔에 두고 온 선글라스를 찾느라
자크 프레베르(Jacque Prevert)를 물에 빠뜨린다.

파리 한 마리가 경호원처럼 내 곁을 맴돌고……

* 알리칸테(Alicante): 스페인 지중해 연안의 항구도시.

파리의 지붕 밑

비에 젖어 추녀 밑에
꼼짝 않는 검은 새.
천둥 번개가 번쩍이는
밤이 무서워

시간이 지나도
깃털 하나 움직이지 않는 새.
죽었나?
창문을 닫고
마음을 닫지 못해
잠들지 못하고

비가 그치고
새벽의 푸른빛이 창을 두드릴 때
그는 사라졌다
가는 다리로 서 있던 추녀 밑에

점을 찍듯 검은 똥만 남기고

간밤에 내가 걱정을 털던 담뱃재처럼 생긴
새똥이 예뻐서, 죽지 않아 고마워서
교회 종소리를 들으며 헤어진,

새 한 마리가
나를 부른다

이 외로운 행성의 어딘가에서
또 만나자고

발굴 현장

삼국시대, 백제라던가 통일신라였던가
노동에 지친 어느 장인의 실수로
기왓장에 찍힌 손자국.
두툼한 살결이 선명해
살아 숨쉬던 숨결이 느껴져, 선뜻 만지지 못했다

천년을 건너뛰어 내 앞에 서 있는
이름 없는 회색의 파편이
박물관에 보존된 보물보다 신비로워
금관을 장식하는 비취보다 또렷하게
내게 말을 건다

누구였을까?
얼마나 많은 기와를 구웠을까
富와 권력에 봉사하며
올려다보던 古都의 가을하늘.
그가 탐했지만 갖지 못했던 여자들.
그의 손끝에 닿았을 입술이며 가슴들이 환생해,

웃고 떠들며 情을 나누다
수천의 기와를 이고 운이 다하여, 허리가 꺾였을
목숨을 생각하며

오백 년이 지나 발굴될 文字의
지문(指紋)을 찍는다 피와 땀이 배인
진화(進化)의 흔적을.

철길, 핏줄

나는 여기서 살았다
버드나무 늘어진 기찻길 옆.
진한 활엽수의 옆구리를 만지며
부모와 떨어진 계집애는 부스럼을 앓았다
철도원이었던 할아버지의 품에서
흔들리는 것이 좋아서, 몸에 익은
열차의 진동이 피를 회전시킨다

양반의 망건을 벗고 근대의 다리를 놓은
당신의 만만한 무르팍에 안겨서
할미의 자장가가 코스모스 뒤로 스치는
서울로 가는 길.

할아비가 만든 철도를
아들이 달리고
손녀가 달리고

아비의 혁명을 유산시킨 철길이

딸의 연애도 끊어놓고

소주를 들이붓고 헛디딘 나의 젊은날이
무른 두부처럼 허술했던 아비의 청춘과 엇갈리며

웃자란 나무들이 수군거리는
숲의 낭만이 싫어서
객실에 팽개쳤던 상념들을 엮어
강철의 핏줄을 더듬는다
아비가 모르는 서양음악을 들으며

사교적인 저녁식사

식탁에 둘러앉은 고만고만한 숟가락들.
번들거리는 포크와 나이프처럼
따로 노는 머리들, 딴생각에 잠긴
비싸지만 맛없는 접시들.
감자는 생선의 비위를 맞추고
치킨은 포도주의 눈치를 보며 몸을 낮추고
기세가 오른 포도주는 시가를 피우며
술잔을 들어올린다

대장의 말씀이 끝나기를 기다리며
네 명의 배고픈 남자들은 수저를 들지 않는다
우리 일생에 두 번 오지 않을 푸른 저녁에

나쁜 평판

예술가에게도 도청 공무원의 품성을 요구하고
시인도 지방 면서기의 충성심을 보여야
살아남는 한국사회에서

내 자신도 예측하지 못하는 불안한 자아.
기우뚱거리는 배에 투자하려는 선주(船主)는 없다고
누군가 내게 충고했다

가위로 도려낸 번호들이 늘어나고
실망의 밑줄이 그어진 수첩.
자유의 달력 밑에서 자유롭지 못했던
정든 항구를 버리고
운명의 키를 쥐고 선장이 되어 항해하련다

어차피 사람들의 평판이란
날씨에 따라 오르내리는 눈금 같은 것.
날씨가 화창하면 아무도 온도계를 눈여겨보지 않는다

서투른 배우

술 마시고
내게 등을 보인 남자.
취기를 토해내는 연민에서 끝내야 했는데
봄날이 길어지며 희망이 피어오르고

연인이었던 우리는
궤도를 이탈한 떠돌이별.
엉키고 풀어졌다,
예고된 폭풍이 지나가고

전화기를 내려놓으며
나는 너의 별자리에서 사라졌지.
우리 영혼의 지도 위에 그려진 슬픈 궤적.

무모한 비행으로 스스로를 탕진하고
해발 2만 미터의 상공에서 눈을 가린 채
나는 폭발했다.
흔들리는 가면 뒤에서만

짐을 내려놓고 우는 피에로.

추억의 줄기에서 잘려나간 가지들이 부활해
야구경기를 보며, 글자판을 두드린다.
너는 이미 나의 별자리에서 사라졌지만
지금 너의 밤은 다른 별이 밝히겠지만……

어떤 동문회

젊은 그녀는 화창한 봄날 강물에 몸을 던졌고

누구는 유서를 남기고 4층에서 떨어졌고

누구는 암수술을 받은 뒤 계단에서 쓰러졌고

누구는 암수술을 받고 회복중이고

누구는 죽었는지 살았는지 소식을 모르고

누구는 뒤늦게 시험에 합격해 변호사로 일하고

누구는 사주팔자를 연구하는 도사가 되었고

그리고 겉은 멀쩡하지만 속은 화산이 타고 남은
재에 묻힌, 그녀는 날마다 자살을 꿈꾼다

그녀들과 학교를 다닌 나는

앞장서지는 않았지만 뒤에서 팔짱끼지도 않은 나는
종이에 기억을 오려붙인다
무엇이 잘못되었는지
어디서 그들과 나의 길이 갈렸는지, 이해하려고

1977년 12월 7일

나는 보았노라!
그대 오묘한 자연이여,
그대의 신비를 더럽힐까
나는 붓을 못 드오.
한참 그렇게 있었지
그대가 어떻다고 어찌 말하리오?
"나는 보았노라!"
외칠 수밖에.

아침에 일어나 첫눈을 발견한 감회를 일기장에 끄적이던 나는 열여섯 살. 좁은 셋방살이의 누추를 덮으며 내리는 눈은 지금보다 하얀 백색의 순수였다. 겨울이면 당연히 찾아오는 눈이 그다지 신비롭지 않은 나이에, 어느 날 옛날 공책을 뒤지다 까마득한 학창 시절의 시를 발견했다.

영원한 계약에 서명하듯 만년필로 — 만년의 세월이 흘러도, 만년의 먼지가 일기장을 덮어도 흐려지지 않게 잉크를 듬뿍 묻혀서 — 또박또박 새겨진 글씨들. 감탄을 감추지 않는 큼지막한 따옴표. 삼십 년 해묵은 잉크가 피처럼 진했다. 아, 그래, 그때 나는 내 감정을 의심하지 않았지. 내가 보고 들은 것을 의심하지 않았지. 그래서 마치 나무가 자라듯 글자들이 여백만 있으면 힘차게 뻗어나갔지.

　신성모독을 범했던 반항아가, 어린 시절로 돌아가 사원에서의 맹서를 되새긴다. 그대 오묘한 자연이여. 인생의 신비여. 나는 보았노라! 외칠 수밖에. 뒤로 물러나지 않고, 종이 위에서 눈을 맞는 시인의 숙명을 받아들일 수밖에. 물음표와 느낌표를 아끼지 않고.

나는 시를 쓴다

아무도 위로해주지 않는
나를 위로하기 위해

혀를 깨무는 아픔 없이
무서운 폭풍을 잠재우려

봄꽃의 향기를 가을에 음미하려
잿더미에서 불씨를 찾으려

저녁놀을 너와 함께 마시기 위해
싱싱한 고기의 피로 더럽혀진 입술을 닦기 위해

젊은날의 지저분한 낙서들을 치우고
깨끗해질 책상서랍을 위해

안전하게 미치기 위해
내 말을 듣지 않는 컴퓨터에 복수하기 위해

치명적인 시간들을 괄호 안에 숨기는 재미에
부끄러움을 감추려, 詩를 저지른다

글로벌 시대의 세련된 지성

사가와 아키*

　최영미는 시대를 민감하게 포착해서 신선한 표현으로 창작하는 놀라운 시인이다. 그녀는 일본에서도 각 방면에서 주목을 받아왔다. 『신한국독본3 ― 한국신세대사정 新韓國讀本 3 ― 韓國新世代事情』(社会評論社, 1995)에 최재봉의 평론 「詩壇의 신데렐라 최영미」, 김형수의 평론 「최영미 신드롬이란 무엇인가?」가 수록되었는데, 이는 젊은 세대의 시인에게는 뛰어나게 두드러진 취급이었다. 학술서 출판사인 이와나미서점(岩波書店)의 『이와나미 소사전 ― 현대한국·조선 岩波小辭

---

* 사가와 아키(佐川亞紀) : 일본의 시인. 1954년 도쿄에서 태어나 요코하마 국립대학을 졸업하고 『詩學』 신인으로 등단. 일본현대시인회, 요코하마시인회 회원이며 시집 『죽은 자를 다시 잉태하는 꿈』 『혼의 다이버』 『답신』, 평론집 『한국현대시소론집』 『재일 코리안 시선집』(편저) 등이 있다. '지구상(地球賞)' '시와창조상(詩と創造賞)' '오구마 히데오상(小熊秀雄賞)' 등을 수상했으며, 현재 월간 시잡지 『시와사상詩と思想』의 편집위원이다.

典 ― 現代韓國·朝鮮』(2002)에도 최영미의 항목이 실려 있다
(이 사전에는 김지하, 고은, 신동엽, 신경림, 김수영, 장정일, 황
지우 등도 실려 있다). 시 잡지에는 권택명의 번역으로『현대
시수첩現代詩手帖』(思潮社, 1994)에 한성례의 번역으로『시
와사상詩と思想』(土曜美術社, 2006) 등에 소개되었으며,『한
일신세대백인시선집 ― 푸른 동경日韓戰後世代百人詩選集 ―
青い憧れ』(書肆青樹社, 1995)에도 수록되었다. 나도『한국현
대시소논집 ― 새로운시대의 예감韓國現代詩小論集 ― 新たな
時代の予感』(土曜美術社, 2000) 책머리에 최영미에 대한 논
문을 게재해서, 일본경제신문(日本経済新聞)과 동경신문(東
京新聞)에 취재기사가 실렸다. 2005년에는 한성례가 번역한
시선집『서른, 잔치는 끝났다 三十、宴は終わった』(書肆青樹
社)가 출판되었고, 2006년에 최영미가 일본을 방문했을 때는
아사히신문(朝日新聞)이 문화면에 크게 보도했다.

  최영미 시인이 일본에서 이렇게 관심을 끈 이유로는 다음
과 같은 점들을 꼽을 수 있다.

  우선 첫째로, 최영미의 시는 한국사회의 변화를 상징하는
새로운 감각을 명확히 나타냈다. 이념보다 사람, 투쟁보다 사
랑을 중시하는 것은 당시로는 획기적인 생각이었다. 새로운
세대가 등장해서 한국사회 자체가 변화했다. 일본에서 일어
난 '한류 붐'의 중심이 된 말이 '사랑'이었다. 사랑이라는 한
국말이 일본의 드라마나 광고에 여러 번 자주 나와서 유행했

다. 1970, 80년대에 일본에서 김지하, 고은 등 사회참여파 시인들의 시집이나 논문들이 많이 출판되어, 제1차 한국 붐이 일어났었다. 하지만 그때는 지식인들이나 운동가들이 주된 독자였다면, 지금의 '한류' 문화는 일반 시민들에게도 친숙하게 다가간다. 물론 (제1차 한국 붐이 일었던 1970년대처럼) 한국의 역사와 '한(恨)'의 문화를 잘 이해하는 것도 필요할 것이다. 그렇지만 정보가 순식간에 지구화하는 커뮤니케이션 시대에는 서로 공감하는 문화도 소중하다. 그런 문화를 탄생시킬 수 있는 데까지 한국사회가 성장하고 성숙해졌다.

두번째로, 최영미는 학생 시절에 민주화운동을 경험하여 좌절감을 맛보았다. 일본에서도 1960, 70년대에 사회운동이 넓어진 시대가 있었는데, 1991년에 소련이 붕괴하자 좌절감이 깊어졌다. 한국에서처럼 일본에서도 '큰 이야기의 상실'이 문단의 화두로 등장하며, 동시대적인 정서를 공유하게 되었다.

세번째로, 그녀의 시가 보여주는 도시적이며 고독한 넋의 방황은 현대문학의 저류를 이루는 것이다. 기존의 마을적인 공동체가 무너지고 기성의 가치관도 해체되어, 마음의 지주나 귀속하는 곳을 잃고 뭔가를 찾아 헤매는 모습에서 현대인의 보편적인 고독을 읽을 수 있다.

네번째로, 인터넷 사회를 앞장서 실현한 한국의 인간관계가 어떻게 변화했는지에 대해 관심이 많아, 특히 시 「Personal Computer」가 주목을 끌었다.

다섯번째로, 표현 자체가 신선했다. 서정이 너무 무겁지 않고, 건조하며 지적인 문체로 모더니즘이 풍부하다. 최영미는 서울대 서양사학과를 졸업하고 홍익대 대학원 미술사학과를 수료했다. 『화가의 우연한 시선』(돌베개, 2002)과 같은 미술산문집을 펴낼 정도로 서양적인 교양이 높다. 새로운 세계적인 지성으로 사회에 대해서 독창적이고 예리한 비평정신을 가지고 있으며, 복잡한 심리도 잘 나타낸다.

젊은 여성 시인의 첫 시집이 베스트셀러가 됐다고 하는 화제성도 역시 크게 작용했다. 한국에서는 성에 대한 솔직한 표현에 독자들이 혼비백산한 것 같다.

"욕정을 사랑으로 은폐함이 없이 성에 직핍한 그녀의 대담성에 독자들, 특히 남성들은 혼비백산하였다."(최원식, 최영미 시집 『꿈의 페달을 밟고』의 해설)

일본에서는 성(性)에 대한 표현이 그다지 큰 화제가 되지 않았다. 일본 여성 시인이나 단가시인(전통적인 정형시인)들은 더욱 대담하게 성을 표현하기 때문이다. 오히려 모순을 그리는 방법이나 일상생활을 묘사한 시에 더 흥미를 느낀다.

이번 시집 『도착하지 않은 삶』은 글로벌 시대에 대한 날카로운 감각이 돋보이며, 자신의 외면과 내면을 선명하게 기록하고 있다. 「글로벌 뉴스」 등의 시들은 높고 넓은 세계적 의식을 보여준다.

유프라테스 강과 홍해가 마르고 닳도록

죽음의 행진이 멈추지 않는다

강한 자는 강자의 방식으로

약한 자는 약자의 방법으로

신의 이름으로 사형을 집행한다

예수와 마호메트가 태어나 묻힌 곳에서

예언자들이 평화를 설교했던 성지에서

왜 매일 총질이 끊이지 않는가

예언자들이 틀렸거나, 당신들이 틀린 거야

—「글로벌 뉴스」중에서

　　종교로도 첨단기술로도 해결하지 못하는 비극. 그리고 일상에 숨어 있는 부조리를 멋지게 뚜렷이 부각시키고 있다. 『꿈의 페달을 밟고』의 해설에서 최원식은 최영미의 종교성에 대해서 다음과 같이 지적했다. "그녀가 80년대에 관여했던 학생운동의 참여 동기를 짐작게 한다. 그것은 하느님의 왕국을 전복적으로 모방한 지상천국의 실현이라는 반기독적 기독 충동은 아니었을까? 그리고 보면 첫 시집에 임리(淋漓)한 아프로디테적 도발성은 오히려 그녀가 참여한 지상천국 건설운동이 붕괴되면서 대발(大發)했던 것 같다."

이번 시집에도 "할머니를 따라 주기도문을 외는 장밋빛 입술도/언젠가는 문밖으로 뛰쳐나가겠지"(「종이 울리고」)와 같은 구절에도, 그리고 「내일을 위한 기도」에도 종교적인 자세가 엿보인다.

먼길 떠나는 나그네가
살아서 떠돌
지상의 모든 길이
영원히 푸른 하늘과 닿게 하소서.

높은 정신성이 아름답게 표현된 구절이 마음에 와 닿는다. 최영미는 『시대의 우울』(창비, 1997)에서 자신은 기독교 신자는 아니지만, 사노라면 가끔 신의 숨결을 느끼는 순간이 있다고 말했다. 그녀의 시에 나타나는 종교성은 매우 한국적인 특징이다.

20세기부터 시작된 문명의 충돌은 다양한 종교들이 공존하는 어려움을 드러낸 바, 인류의 자기 파괴를 막기 위해서 인류애가 필요할 것이다. 최영미는 민중운동에 대한 신뢰를 잃지 않은 것 같다. 일본에서도 한국의 촛불시위가 텔레비전이나 신문으로 자세히 보도되었는데, 「2008년 6월, 서울」은 이십 년 전과 현재를 비교한 부분이 흥미로웠다.

서 있는 얼굴들은 군사독재에 저항하던 80년대처럼
분노로 일그러지지 않았다.
종이컵 안에서 안전하게 타는 촛불처럼 온화한 눈빛.
목숨을 걸고 싸우지 않는,
외치다가 내가 죽을 구호를 모르는 건강한 입술.

　일본에서도 예전에는 한국과 마찬가지로 젊은이들의 데모
는 너무 즐거워서, 나약하다고 비판당했지만 최근에 경제악
화로 데모가 진지하게 변모했다. 「광장을 지나며」에 흐르는
공허함은 비통하다.

　1981년 5월에 나는 순결한 하얀 운동화였다
　(……)
　내 앞의 길들을 토막내며 나는 걷는다

　절망과 희망이, 현실과 꿈이 교착하는 길을 걷는 시인. 글
로벌 시대의 비평은 「지상 최대의 쇼」에서 "전체의 일부로만
존재하는 육체들" "열강에 짓밟힌 백년의 치욕을/기나긴 장
정의 굶주림을 보상받으려/오늘밤 미친 듯 쏟아내는가, 불쌍
한 아시아여"의 구절처럼 아시아의 역사를 기억하고, 전체의
일부로만 존재하지 않는 개인을 지지하는 사상에 기초한다.
　「교토의 바위정원」에 나오는 "유토피아, 혹은 감옥에서"도
시인은 예리한 통찰을 보여준다.

오늘날의 바람직한 비평정신은 세계에 대한 독자적인 의견을 말하는 것이다. 또 사물의 양면을 "유토피아, 혹은 감옥에서"처럼 명료하게 판단할 수 있는 능력도 중요하다. 이름 없는 세계의 회색의 파편에서 스스로 풍요한 상상을 발전시켜야 한다. 직소 퍼즐의 하나로 이야기 전체를 구상해야 할 것이다.

이름 없는 회색의 파편이
박물관에 보존된 보물보다 신비로워
금관을 장식하는 비취보다 또렷하게
내게 말을 건다

―「발굴현장」 중에서

한편으로 「어떤 동문회」 「중년의 기쁨」 「Love of My Life?」 「11월의 낙엽」 등은 일본 여자들의 공감을 얻을 것이다.

그리고 겉은 멀쩡하지만 속은 화산이 타고 남은
재에 묻힌, 그녀는 날마다 자살을 꿈꾼다

그녀들과 학교를 다닌 나는
앞장서지는 않았지만 뒤에서 팔짱끼지도 않은 나는
종이에 기억을 오려 붙인다
무엇이 잘못되었는지

어디서 그들과 나의 길이 갈렸는지, 이해하려고

—「어떤 동문회」중에서

영웅적이 아니라 객관적인 관점에서 세상을 바라보는 것도 최영미의 현대성을 잘 나타낸다. 여자들의 적극적인 사회 진출로 말미암아 다양성이 넘쳐나지만, 구래의 가치관과 충돌하며 심리적인 부담이 더욱 커져서, 요즈음에는 이들의 정신적 병리가 사회문제로 떠오르고 있다.

사랑은 기억 속에서 흉터와 무늬가 되어 홀로 달콤하며 홀로 아프다. 첫 시집에서 두드러진 최영미 개인의 좌절은 그녀가 속한 세대의 좌절이었고, 사랑의 상처 또한 시대의 상처였다. 이번 시집에서 그녀는 산산조각 찢어진 개인의 흉터를 홀로 위로하며 고독감이 깊어졌다. 그러나 그녀는 사랑하는 일을 그만두지 않을 것이다. 자신이 사랑하는 지구를 시의 언어로 화려하게 물들일 것이다.

사랑의 가능성과 불가능성, 시의 가능성과 불가능성도 첨단적인 테마다. 요컨대 '도착하지 않은 삶'이란 현대의 '도착하지 않은 사랑' '도착하지 않은 시'를 의미한다. 사랑의 가능성과 불가능성 사이에 현대적인 창조의 샘물이 솟아난다. 옛날의 로맨티시즘은 좌절할 운명을 맞은 것이다. 도착하지 않은 삶을 구하는 것이 시이다.

아무도 위로해주지 않는

나를 위로하기 위해

(……)

안전하게 미치기 위해

내 말을 듣지 않는 컴퓨터에 복수하기 위해

치명적인 시간들을 괄호 안에 숨기는 재미에

부끄러움을 감추려, 詩를 저지른다

—「나는 시를 쓴다」 중에서

시가 곤란한 시대에 최영미가 다시 시를 쓰려고 결심한 것
을 기쁘게 생각한다.

시인의 말

내 가슴속에 남은 불씨들을 지펴, 혹은 서늘한 얼음덩이를 녹여 문자로 복원하며 나는 다시 시인이 되었다. 축복인지 저주인지 모를 투명함에 대한 나의 열정을 확인하며. 애매모호한 정확함, 그게 詩이며 문학이 아니던가. 정확한 문장이 아름답다고, 옳은 문장은 세상을 바꾸는 힘이 있다고 나는 아직도 믿는다.

내게 일어난 그 모든 일에도 불구하고 나는 생을 사랑한다. 내 안의 에너지가 고갈되지 않았음을 증명해준 시에 감사하며 그 동안 나와 가까웠던, 멀어진 이름들에게도 안부를 전하련다.

내게 놀라운 세계를 보여준 사랑스런 조카들, 우정을 나눈 벗들이 없었다면 나는 책을 쓰기는커녕 오늘까지 살아남지도 못했으리라. 식당에서 술집에서 그리고 운동경기장에서, 성숙경 옆에서 보낸 시간은 즐거웠고 우리의 허물없는 수다는 이번 시집에 분명한 자취를 남겼다. 박물관에서 일하는 심영신의 안내로 「발굴현장」과 「청동정원」의 모티프를 얻었고, 그녀의 반가운 목소리는 때로 캄캄한 밤을 건너는 등불이었다. 불쑥 내미는 초고를 읽고 적절한 표현을 골라준 친구들, 느닷없는 부탁을 마다 않고 내게 꼭 필요한 충고를 주신 오사카의 정해옥님 덕분에 고민을 덜었다. 문제가 생길 때마다 바른 길로 인도한 석미주님은 내가 의지한 가장 든든한 바위였다.

내 시에 노래의 날개를 달아준 이건용 선생님과 김대성님, 안치환님 그리고 전경옥님과 강권순님의 맑은 목소리에 늦은 감사를 드린다. 이사를 도와준 사람들, 언제나 친절했던 강영희님을 비롯해 아직도 내가 닿을 수 있는 곳에서 이런저런 도움을 주는 분들, 내 시를 처음 일본에 소개한 이시자카 고이치(石坂浩一) 선생님, 호테이 도시히로(布垈敏博) 선생님, 시집을 일본어로 번역하느라 애쓴 한성례님, 신작시를 선보일 기회를 주신 광주일보와 문예잡지사 편집자들의 노고를 기억하며 일부 시들은 처음 발표된 지면과 다르게 개작되었음을 밝힌다.

나를 믿어준 문학동네의 강태형 사장님, 성급한 필자를 만나 고생한 편집부, 사진을 찍고 표지를 만든 여러 분에게도 두루 감사드린다.

오래 전부터 내 시를 일본의 독자들에게 소개하고, 『도착하지 않은 삶』을 위해 한글로 해설을 쓰느라 고생하신 사가와 아키 선생님에게 경의를 표하고 싶다. 언어의 장벽을 넘어 따뜻한 공감과 치밀한 분석, 그리고 통찰이 빛나는 비평 덕분에 시집의 주제가 살았다. 한국문학에 대한 남다른 관심에 감사드리며, 보다 성숙한 글을 쓰는 작가가 되도록 노력해야겠다.

— 2009년 봄이 오는 봄내에서,

최영미

최영미

1992년 『창작과비평』 겨울호에 「속초에서」 외 8편의 시를 발표하며 작품활동을 시작했다. 시집 『서른, 잔치는 끝났다』 『꿈의 페달을 밟고』 『돼지들에게』 『이미 뜨거운 것들』, 산문집 『시대의 우울』 『길을 잃어야 진짜 여행이다』 『우연히 내 일기를 엿보게 될 사람에게』 『공은 사람을 기다리지 않는다』, 미술에세이 『화가의 우연한 시선』, 장편소설 『청동정원』 『흉터와 무늬』, 번역서 『화가의 잔인한 손』 『그리스 신화』가 있다. 2006년 이수문학상을 수상했다.

도착하지 않은 삶
ⓒ 최영미 2009

| 1판 1쇄 | 2009년 3월 25일 |
| 1판 7쇄 | 2023년 4월 21일 |

지은이 최영미
책임편집 조연주 이경록
디자인 엄혜리 유현아 | 저작권 박지영 형소진 최은진 오서영
마케팅 정민호 김도윤 한민아 이민경 안남영 김수현 왕지경 황승현 김혜원
브랜딩 함유지 함근아 박민재 김희숙 고보미 정승민
제작 강신은 김동욱 임현식 | 제작처 한영문화사(인쇄) 우진제책(제본)

펴낸곳 (주)문학동네 | 펴낸이 김소영
출판등록 1993년 10월 22일 제2003-000045호
주소 10881 경기도 파주시 회동길 210
전자우편 editor@munhak.com | 대표전화 031)955-8888 | 팩스 031)955-8855
문의전화 031) 955-3576(마케팅) 031) 955-2679(편집)
문학동네카페 http://cafe.naver.com/mhdn
인스타그램 @munhakdongne | 트위터 @munhakdongne
북클럽문학동네 http://bookclubmunhak.com

ISBN 978-89-546-0785-8 03810

www.munhak.com

문학동네 시집